JN223871

詩集

鉄格子

山田にしこ

風詠社

目次

装画　山田にしこ
装幀　2DAY

ひとつより二人

ギザギザなこころ
まがったこころ
とんがったこころ

つりあがった目
たれ目
きれながの目
どんぐり目

おちょぼ口
でか口
への字口

口角あげて
あははのは・は

かわった顔　かわってゆく
ひとつともうひとつで二人がいい　　ずっと

ふたつのこころ

積乱雲に重なる小さな島に
海鳥が住まう
サルバドール・ダリの
幻想世界に入り込んで
40年

現実の轍は
50年

ずっとずっと
待っていた

小さな精神（こころ）の物語を
あなたに
語れますようにと

題なしの章

桜の木にさくらいろの花びらが消えた
黄緑の柔らかい葉ずえが
木の幹に木の枝に
絡みつく頃

菜の花の蜜をもとめて
モンシロチョウがやってくると
つばめがそろそろ古里に帰ってくる
みんな色づく季節をむかえ
凍りついた樹氷の道筋はわすれてしまい
安息の息を
にわかに匂わせはじめることだろう

はにかみや恥じらいを
すこしずつ開花させるように

おんなじ風景を傍らで
見ていられると
ほのかに淡く慕う
おもいの風が
すわっと
窓を抜けてゆく

詩人のような
恋が耳元で語られる皐月

お便り

まだ、なにひとつ
貴方様からの詩集を手にしてより
お返事をさしあげていない事を
おそらく、不思議にお思いなのでしょう。
詩を書き続けてこられた半世紀以上の時の空間は、私が思う以上に、たくさんの悲哀や悦びに満ち溢れた想いの雫があるのでしょう。

『優しい予感』は貴方様のこころの襞に感じられる豊かな感性で自然のエナジーを貴方様の言葉で掬い上げ、摘み取られた宝石の玉手箱のように感じます。まだ、私にはその中の全てを感じ取るための時間や経験が不足しております事をご理解いただきますように。

一時、育児専業主婦を十数年経験し、詩を書く事も看護師の世界からも離れていた時代、私自身の存在を自分自身が受け入れられない時代がありました。成長していく子供たちを前に、無為の空白の時間だけに支配された時、自らの生きる糧が何であるのかを再び問う、まさに自分探しの旅を始めていました。

大阪に活動の場を4年間、見出そうともしましたが、何を求めているのかが見えず、答えを探すのに必死で、出口を見つけ出すのに時間を要しました。

今にして、ようやく、細々とでも自分の言葉で書き続ける事が自分の生きている証として有るという意味を、受け入れられるようになりました。

貴方様の想いが詰められた『優しい予感』は、書く事を生業の全てにはいまだできない私の、夢の存在でもあります。

残された私の時間の中で（自分としてはこの先20年間？ これは勝手な憶測です）形として詩集を残したいとは思います。

感想の一筆も書き添えられずにいる私です。
今夏の長い残暑のあとです。
貴方様の体調はいかがでしょう。
毎年、四季の心地よい詩を読ませていただき、傍らの草花や虫たちの息
遣いが身近に感じられ、こころを癒されております。
ありがとうございます。
私の遥か先を歩かれる先輩の作品に勇気をいただきながら、少し少し、
私の歩調を整えてまいります。

貴方様のご健勝ご多幸、さらなるご活躍をお祈りいたします。

2012年2月29日

4年に一度の一期一会
天空の土産を受け取る

人類の点
、濁点
・黒点
。終止符
どれもみんな大和人が生みだしたコミュニケーションツール
有機物の塊
の中から会話言葉を編みだして
交信する

今はデジタルの時代
最も盛んなＩＴ産業の渦の中に
人類は放り投げだされている
みな有機物は無機物化し
怪物のようになって
つめたい
金属の塊が大和人の言葉を操り
「いらっしゃいませ」
「こんにちは」
「いかがですか」
と人工の声を流す
人工のオクターブで歌う塊もいる
時代は金属の塊に依存し始める
人工頭脳を携えて
もはやアーノルド・シュワルツェネッガーの

ターミネーターは現存の・・・

夢や絵空事が
描いたままに存在していく時代になる

２０１２年2月29日うるう年
朝の軽い雨が水をくくんだまま
氷雨から雪に変わり
雨雲が雪の空に変えたのは
天空の悪戯としか見えない
こころが金属に支配されそうになり
つめたい金属の四肢を感じはじめていた頃に
天空は
なんと優しい土産をよこすのだろう
10歳にタイムスリップして

穴の開いた長靴に体型より小さめの傘さして
手袋もなく雪道を登校した小学生は
雪空を仰ぎ見て
生まれたての雪を食べ
赤まる頬に
雪合戦をしながら走った学校までの道

ぎゅぎゅ
じゅじゅ
ずんずん
ぱしゃぱしゃ
きゅきゅ
ずこんずこん
小学生の長靴が混声合唱する
なだらかな自然の

あたたかな恵みを
ほくほくのこころにして
歩いた雪道よ
天空の土産はつめたささを感じさせない

なつかしさが蘇る
今朝
２０１２年２月29日うるう年

ドリームランナー

入院患者の身の上に
何度繰り返すか
否定を肯定する言葉
なんでも
困ったことは
『患者様』とご一緒に考えましょう
どんなことも
決断することが最大のベスト
チョイスして否定していくことが困難
知識も経験も
迷路に迷い込む袋小路の
螺旋からはい出せない

動かないことが
時にはことを動かせる

医療人として
次なる手段や合の手を
それからの駒を持たない者には
前に進む道は開かれない
とどまる瞬時は許されても
永き間は許されない
時間を愚弄する者に
よき知恵が享受できようか

非は人を愚かにし
非を認めることは

人の弱さを知れる
発見でもあり
今いる所から
成長とか進歩とか
いいや
何事も狭い世界で起きることは
無の象徴の空間
色は透明か白の分野で
経験談議を傾聴するところから
すべてが始まり
無が有に変化していく過程で
まるでわが身に降り注ぐこととして
体験にシンクロされる
疑似や仮想現実を
そうして

誤った判断に辿りつく
正しい道はなにをもってそういうのか
正しいことは誰のための
愛や幸せを導ける礎になるのだろう

春、芽踏みの春、こころそぞろに憂(う)き
夏、稲妻の夏、大波に揺れ
秋、稲穂のアートにこころおちつけず
冬、白雪に身を震わせ、こころの中の
ぬくもりを異邦人のように
探し求め、探しあぐね
巡る自然の草花に、こころを宿す

行き方を忘れるほどの
愛おしい抱擁を
誰に止められよう
くねらせてくる肢体から
逃れようとしないでいる摂理は……
一杯の溢れんばかりの
液体を狂気のごとく飲み干していく盃の器を
おんなの狂喜にして
生きていくすべてと為す

医療人の思惑とは……
医療人の模範とは……

あたらしいわたし

半世紀が生体として存在の意味を問う
生物として現世に個体化し
産声とともに
戦争を語り継ぐ祖先の霊名と生きることなく
ふたつの命を頂き　育み
自らのあり方を問う

愛をもって命を頂き
愛を見失い命を育む
なれどもタゴールの愛は失くさず
汝をいつも求め彷徨う魂の肯定で
自らを鼓舞した月日の重なりに

ようやくひかりを見出した
まもなく時の闇が開く
わたしのために

あなたはどちらさま

言葉の方に綿毛を飛ばしたら
予期しない返事がかえる
スケールは物により人によりさまざま
世界の大きさも小ささも
まして深さもいろいろ

からだをあたためながら
こころを満たす言葉は
ことば以上にからだが知る

あなたはどちらさま
わたしのこころが問う

わたしのこころに灯をともす
たいせつなおかた

ことばよりも本能が
さきに答える

いのち

わたしのいのちがあるのは
あなたのお蔭です
わたしがわたしで生きていけるのは
あなたのいのちがあるお蔭です
わたしの魂も心も体も
あなたと分かち合い
あなたとひとつであると
ひとときも
うたがうことなく
血の流れるように
生きています

わたしのいのちと
あなたのいのち
あなたのいのちと
わたしのいのち

いま、どこかに居るあなたへ

生きてきた
一世紀の半分プラスまで
肉体は生まれたままとはいかず
確実に卵細胞を空にしていく
受精出来うる女体を脱皮し
男のシンボルをエロスで受け入れる欲に
愛でる恋をひとつつなげ
いまは見えないあなたのために
生きているカオスは
未来に出会えるあなたのために
わたしのカオスとシンクロしていくのなら
まだとどまっていようこのときに

夢想のまま
あなたはいま、
『どこ』ですか
あなたにあいたい

いろはにいろ

手窓を開けた10歳の頃
春のピンクの風がやさしく吹き込み
たんぽぽの綿毛が
ふんわりふんわりウェーブしながら
入ってきて
ぁぁ春の匂いを感じて
目を閉じて
春をからだに吸い込んだ

いま、40年経って
優しい風が頬を撫でても
からだはやさしさを吸うことが出来ない……

あいを知らなかった頃は
春を身近に受け入れられた
あいを知ってから
春に恐怖を覚えはじめ
春の色がわからなくなり
ピンクは春の代名詞なのに
簡単に答えられない

いろはなにいろ
しあわせの色を重ね合わせてみせても
さくらのピンクに重ならない
いまのこころ
……
群青色の雲がかかり

低空飛行する
ヒヨドリがそばを舞う

とりもどしたい
あいするいろを

おもいは大空に羽ばたかせ

凍えていたこころが
千年の芽吹きを境に
扉を開けてそとの世界へ飛び立とうと云う
永い四季、春夏秋冬に一度も触れないで
三猿のように暮らしていた日々たちに
さようならと手をかざし

左手薬指の誓いの輪を見失って
母から手渡された『生きるバトン』に
しがみついて
わたしが今、ここにいる訳は

タゴールの愛の詩集を片手に
救えなかった愛の結晶を
ひとひらの雪にたとえ
そっと
手のひらにのせて
重さをはかってみる

還暦

私がまだ若かった頃
六十歳の還暦を迎えた人たちは
社会の一線から退き
人生の終幕をのみ歩く人たちだと思っていた
ひとつひとつの彩りある六十年間の存在など
考え及びもしないで

あれから
四十年の歳月の後
私は還暦を迎える
時代は変貌し
超高齢化社会目前に

人生の終幕などと言う
還暦を迎える人はいない
若者よりも老人の多い国が亡者にならぬよう
ふざけ口をたたきたくなるお年頃だ

年々歳歳、年々。

今年の柿は豊作です
柿の種から自生した実家の
田んぼの畔
父が植えたか母が植えたか
どちらが種を飛ばしたのだろう

いまは歌人を出迎える大木になり
月夜にもわかる
枝をしなだれて
柿食う小僧を待っている
およその実りの秋を
どれほど欲していたか

熟した重力で落下した柿に唾が滴り
歳月人を待たず
亡父に食べさせたかった
次郎柿の秋を

かわらないうつくしさ

紫式部は紫の色をまわりに誇示しない
しめやかな空気のなか
千年の昔から
自らを際立たそうともしないで
かわらない姿でそこにいる

かたわらにおのこの存在があろうと
語りかけようともしないそっけなさ

ただ
そこにいることで美しい

あなたはそれでよい

こびと

草虫のなかに
とんがり帽子のおさげ頭の
いちじくはっぱを身にまとうこびとを
見つけたら
しあわせ

泣き虫坊やも泣きやんで
れんげの草冠をいっしょに編めるからねえ
しろつめくさのブーケをもって
むかし遊んだ小川にゆこう
ぬかるむ水面に一滴のしずくからはじまる
生まれたての水路がひとすじ

流れ出すと　水虫が透けていく

あれよあれよ
ものしりこびとは指差して
濁った人の目を沁みとおらせる

しあわせのひととき

時の谷間に落下しても
ふかふかの羊の被膜で受け止められたなら
すこうしも辛くはありません
ふうわりふうわり綿毛につかまり
風にまかせて
ダークの空をわたるのも
気持ちの良いことだと思えばよいのです

命を頂いているあいだは
どんな会話も
あなたとならできます

そして七月に

織姫と彦星の恋が成就できるように
天の川に向い
両手をあわせた乙女のこころ
ひとつ

二十歳の娘心を知る母親の顔を
表の顔にして
生きているうそつきなわたし

ひとつ恋が
成就できれば女の顔が覗き込む

若い娘子のしあわせは古の縁として
存在している
けれどほんとうの縁はそこではない
そんな気がしている

ひとしく人となれ

いま、愛するひとがいますか
そのひとは
おじいちゃんやおばあちゃんに
いっしょになれる
ひとですか
おんなじ時間を分け与えて
ひとしく人々のしあわせを
祈れるひとですか

紛争や予測もない闘争や戦争にあっても
ひとしく人々の平穏な時間を
分け与えてゆけるひとですか

Yes
わたしは
そのひとと
ひとしく人となり
清らかにいきてゆけます

加茂　海住仙寺

うす明けの天然色が
連山の山手の空から見えるとき
白い息に凍えた一夜は
明ける

絵師の一筆書きの朝日が昇る

そんな大袈裟なことではない
一節（ひとふし）の暮らしが始まるのだ

加茂は息づいている
火鉢ひとつの障子の外にさえ

季節を渉ることばをあなたへ

巡り舞うさくらの花弁を両掌にうけて
清流にそっと流しましょう
春、新しく生きる芽を見つけました
傍らの動かぬ石に
静かにつぶやいたことばの種から
夏、青青とした双葉が育つのを見つめ
ゆく人、戻る人のなか
枝葉の梢でかくれんぼする生まれたての
季節たちを
ゆっくり眺めた秋の夜更けに
中途半端な迷いは夜空に抛（ほう）り
やがて

呼び覚ました記憶のなかで確実に実る
惹き合うこころを
そっと
やさしく掬い上げる冬
あなたにおそわりました

伝承の地に吹く風は

「ひまわり会」の昼下がり
蝉の声をつんざいてやってきた
レスキュー隊を従えた赤い消防車のご一行
ずーっと暮らしていると分からなかった
竹林の自然発火、それは
この地の日常の外の出来事だと感じていた

ある日、気づいてしまった
おはよう、さようならの言葉に込められた
まごころの記憶、忘れかけていた熱い思い

黄泉がえりの風が

しずかに聞こえる、頬をやさしくなでる、
もうしばらく
この地にとどまろう

そっと

風車

フリージアの丘に風車が二台
春風にゆったり
雲をかついで回っている

二十年前の病室に憩う
床頭台のガラス花瓶に活けられて
二本のフリージアの花弁を
二本とも開かないうち
寒い窓下の風を受けて
開かれた窓は閉じようともせず
臨床心理学の医師が
こときれようとしていた

わずかに
あと数秒待てば
フリージアの開花に間に合ったはず
純愛を伝えた伝道師でもある彼が
この花を求めたのを
妻は知っていたのだろうか

フリージア　フリージア
色は白よりも白壁に映える
黄色を好む
彼の人柄のように
ただ
ひっそり

逝くのを見届けたのちに
花弁を落とした
まだ見ないでほしいという
はじらいの瞬き
活き活きしたはかなげな瞬き

フリージアの丘に散骨された
彼の魂は
風車がゆっくり
天に舞わせてゆくだろう

瑠璃菊（ストケシア）

赤い絨毯と木製のドアと
むき出しのコンクリの壁に隔たれた
善と悪

ストケシア
瑠璃の一夜は
高貴な紫の血の滴り

好奇の淀みの中で
虚偽の調律に彩られた
奇異の世界に

嘘偽りに迷うことなく
貫く愛

続・瑠璃菊（ストケシア）

紫の露、真実の色は
見え隠れする想いの果て
生き物の秒針がいち動くたび
まぼろしの扉が開かれる

クマ王国、氷山の国
人と同じ魂の獣が護る
闇の国
空、陸、海の
ない世界
助けを呼ぶ叫びの国

ストケシア、清い蒼
レギスタン広場の若者の唄声が
はるか遠くまでこだまする一時を
おもう

メンタル、現実の騙り

クリスマス、男一人
クリスマス、女一人
クリスマス、家族の集いなし
クリスマス、夜の花火
クリスマス、雷を知らず
クリスマス、こだまかな
ジャーヘッドのクリスマス

砂漠にオーロラが見える
オーロラの先に二こぶ駱駝
荷を運ぶターバン姿のアラビア人八人
駱駝四頭、砂に隠れたシルエット

砂漠に寝床の穴を掘る
女の薬ピル一錠、舌の上乗せスワロー
帰還兵の新郎が夢みる五体満足に生まれる息子を

砂漠の戦闘は今、砂漠に掘った穴の深さで
生死を別ける

二〇世紀は戦争の世紀、
過去の大戦が人を変える
大国が同じ国の兵隊さんを攻撃する
砂漠の小隊は砂漠の丘陵を歩く
車で逃げる街人を
砂漠の低空飛行の戦闘機が機銃掃射を浴びせ
白い砂を黒煙に変え

焼けただれた肉の塊、動きをとめ、
鉄の塊、炭となり、
黒い墨が砂の上を彩り
鉛の油が視界を遮り
黄色い油の炎は油田の如く
点在し、焼死体は砂漠に放置され
油まみれのホース一頭、砂漠を昼夜彷徨い
燃え続ける炎はすべて人造的、
美しくもなく、ただ、かなしい
空爆は、複数の命を、
傭兵は一人の命を、
奪うことに違いはない

一発のスカッドミサイルで
数日の凝集された命のアドレナリンが

砂漠の夜空に
銃口を向け発射される
それで終る。

クリスマス、
家に戻り、いつもの暮しが、
仕立て屋は仕立てを
サラリーマンはスーツを
店員は食品を
肉屋は肉を
さばく

窓の外には、季節の巡りが何度訪れようと
砂漠の数日は、風化されることがない
その身が亡ぶまで風化されることはない。

風化されてはならない。

マサイ

アフリカゾウの2家族が
サバンナの草原をゆく
オス8トンメス6トン
真ん中に子ゾウをはさみ
ゾウの家族の絆は固い
ゆっさゆっさ家族で歩いてゆく

ゾウの背にサギのエグレットが
一羽ずつ
背中にたかる虫を啄み
灰色の巨体に羽を休める白い鳥の姿は
幸せの象徴

サバンナの水飲み場は朝の喧噪
家族ごとに水浴びをする
泥んこ遊びに狂喜の声
集まったゾウの最も大きなゾウが
群れから離れ一頭
ゆうらり
人間に向ってくる
ゾウと人間
ゾウとマサイの女
匂いでかぎ分ける無言の会話
言葉を要しない会話
怒りはあるか怒りはないか
静謐な空間
サバンナに立てるマサイにのみ許された

自然の掟

野生動物の密猟者を取り締まる
マサイのレンジャー隊
食肉とするヌーやバッファローの棲家の
茂みを一日かけてマサイは探す

サバンナでハンドラーが密猟者を捕える
犬も嗅覚を見失う時でさえ
マサイは嗅覚と視覚で
水の補給なく息切らせることなく
密猟者に忍び寄り
マサイの力は
密猟者を逃さない

ニャクエリの森はマサイの生計の源
長老会議は今日も続く
太古の原生林ニャクエリの森
風が通る森に住む
クラブスパイダーがイチジクの樹枝から
糸を張り巡らす
森の命
神聖なる樹
人間の赤ん坊にその樹液を飲ませる
と元気に育つ薬味の樹
ニャクエリのイチジクの樹
先祖が残してくれた森とともに生きるマサイ
ニャクエリの森を守るマサイ

進化論は野生動物に具現化し
５５００００年の時空を超え
２０１２年に生きている動物たちと
人類の進化を見続けてきた
マサイの森
２足歩行の人類は
子らからも進化をし続けるのか
それとも止めるのか
誰が知ろう
ただ
聖なる森はじっと見続けていくのだ
これからも
そう、自然の掟に従って

ヒストリー一篇

大和の地に生まれ、今一度
おんなに生まれた
おとこではなく

おんなの生きる祠(ほこら)は
原始の時代より
アダムとイブに分かたれた神の意思
おとこの立居をしずませる
源の子宮（生命を語る器）を
すべてのおんなに与えたもう
意に沿わせず
傍らに添い寝する裸体の羞恥

意にそわすには
強姦、罪の意識なくば
魂の世に身を任す
祠は誉(ほまれ)とも悪しきともとれる

鉄格子

赤茶色の色が鮮やかになるのは
朝陽が鉄格子の錆を
床の絨毯に映し出すからだ

揺るぎのない今日が
清廉なこどもの瞳に
一日のあいさつを教えるのは
大人の世界ではめずらしい

夕闇は鉄格子をおもい鉛色にかえ
うす明りの影を
床の絨毯にどんより落としている

投石や物体から身を守るとされる鉄格子は
隔世のシャッターのように存在し
居住区の暮らしに隠されたように
やすらぎをも奪っていく

明るい声のするほうへ
生きるフェロモンたっぷりの響きある声に
導かれるのは
なにも男たちだけの特権ではない

道端に横たわる痩せた牛にも
痩せた犬にも　鶏にも
お腹の突き出たこどもにも
全盲の女にも

皆が皆
鉄格子のない世界へ
裸の足を踏み出してよい

鉄格子を外し
踏み出していけ
世界は
鉄格子を求めはしない

砂漠の乳房

古来の言い伝えによればピラミッドの渓谷より始まる、王家の谷の呪われし死者の谷は幾千万人の魂を乗せた舟に時を砂の粒に変え蘇る力を授かった女を乗せたという。
赤い紅色のよつんばの女の腹の腔（なか）で息づく胎児の両眼は子宮の壁を伝い腸をつらぬき腹壁から筋層を突き破り黄色い砂の丘陵を駆け巡りやがて静かに朽ち果て、骸の山を砂の粒に還す。

国籍を持たない民の掟はもはや、グローバリズムやＩＴ産業の前に消え失せ砂の民の伝承も
太陰暦太陽暦からデジタル暦の時代に変貌する。

いくつもの時代の置き土産は砂漠の砂の層を深め砂は増幅を繰り返すの

を生業とし、男と女の営みを静謐の幕下へとおろしていく。男は乳をほしがる乳飲み子に戻り、女は乳飲み子を懐(いだ)いて砂にもぐっては聖母の時を貪る。古(いにしえ)も今も。

どれほどの歳月を頂いても。

2012・8

今を生きる

路、道、未知、
交差する想い。
いつつながれることだろう、
未知数の旅路を繰り返すわたしが、
三十年前にシンクロする―。

文字を操る道化師のように、
途方もなく日々をもてあまし悲嘆し、
一瞬をきらめかせて生きられるのなら、
寡黙に演じきろう、
それもわたしの路。

わからずに探し求めた日も、
あてもなく彷徨い、巡り、
今日一日の生体を維持し、
誰のために『生きる』、
意味合いすら無にふす、道。

未知数の未来の話は、
愛する人に囁けること、
その贅沢な夢物語は、
乾燥した砂漠のこころには、
とおく
砂の中に埋もれた―。

今はない、過去。

ひとつの螺旋が廻り、
、途絶えかけた途（みち）、
、締りかけたみち、
、今在ることが肯定につながる、
、未来へと、

恋。
愛。
わたしのいのち。

あとがき

歳時記のように書き溜めた詩の塊のようなものが、私の胸の奥で陽の目をあびたい想いとなり、今回の詩集発行の運びとなりました。

過去を紐解いてみると、私家出版から三十数年の歳月が経っていました。

人生は予測の立たないものであるとつくづく感じております。

有難くも人並みの家庭を持て、家族にも子供にも恵まれ、幸せの道を歩めるものとばかり思っておりましたが、現実は想いとは別の歩みを余儀なくされ、今に至ります。

唯一、自分自身を鼓舞してくれる存在が詩であったことを今更ながら思い知る身です。

詩の教えを頂いた先生方や先輩方、その他同人の方等、これまでに導いて頂いた皆様に深い感謝と、非力ながらも今再び詩を書き綴る非礼のお許しを頂きたいと思います。

そして発行にあたりご尽力頂きました、風詠社の大杉剛様に厚く感謝とお礼を申し上げます。

山田　にしこ

山田　にしこ（やまだ　にしこ）

1959 年　兵庫県姫路市に出生
1979 年　処女詩集『海青き』私家出版
1983 年　詩集『こころの窓を開けてごらん』自費出版
2001 年～ 2004 年　大阪文学学校在籍
2003 年～『文芸ふじさわ』同人
　　　　現代詩の編集に携わる
現在神奈川県藤沢市に在住

詩集 鉄格子

2019 年 1 月 17 日　第 1 刷発行

著　者　山田にしこ
発行人　大杉　剛
発行所　株式会社 風詠社
〒 553-0001　大阪市福島区海老江 5-2-2
大拓ビル 5 - 7 階
Tel 06（6136）8657　http://fueisha.com/
発売元　株式会社 星雲社
〒 112-0005　東京都文京区水道 1-3-30
Tel 03（3868）3275
印刷・製本　小野高速印刷株式会社

ISBN978-4-434-25591-5 C0092